はじめに

天の川銀河の端っこに生まれた太陽系の惑星の一つ地球
四六億年前
太陽の周りの　ガスやちりから生まれ出た
初めは　小さな岩石惑星

恒星や銀河のように
たくさんの星と衝突・合体をくり返し　大きくなり
いつしか　大気に包まれ　海を持つ
四三億年前　海の中に生命体が誕生
それは衝突した　彗星がもたらしたものか

けれど　四六億年間
宇宙の中で
地球も　その生命体たちも　いろんな試練に襲われる
巨大隕石の衝突　全海洋蒸発（四〇億年前）
全球凍結（六億年前）
大陸移動　火山の噴火
ついに　三億年前は　異常な低酸素環境
でも　生命体の五％は　生き抜いた

いつしか　地球は　緑に覆われ
美しい水辺には　トンボが群れ飛び
種々の生命体が　活気にあふれて生きるようになった

七〇〇万年前　地球上に出現したヒトは
宇宙や地球に起こる　自然の脅威に　曝されながらも
その持つ智慧と工夫で　自然の恵みを利用・改良しつつ
進化をし　生き抜き
高い空から　地の底まで　砂粒一つ一つにさえ
すべてに神が宿ると考え　伝えて行った
そのように
自然を崇拝し　すばらしい宇宙観・人生観を持った人々が
古事記の神様の根底にいる

斜め読み古事記　目次

初発（しょはつ）の神々

別天（ことあま）つ神（かみ）　五柱（いつはしら）

初めて天地（あめつち）が発（あら）われたころ
ほうき星　そう彗星に載って　神様がやってきた
先（ま）ず　天之御中主神（あめのみなかぬしのかみ）
次に　高御産巣日神（たかみむすひのかみ）
次に　神産巣日神（かむむすひのかみ）

三柱（みはしら）の神は　対には成らず
独（ひと）り神（がみ）と成り　身を隠し
空と雲の間に　高天原（たかあまのはら）をつくった

まだまだ　地は定まらないが
やがて　高天原では
葦の芽がぐんぐん伸びるような勢いのある物から
元気を繁栄を作る神　宇摩志阿斯訶備比古遅神（うましあしかびひこぢのかみ）
天の世界の安定を支配する神　天之常立神（あめのとこたちのかみ）　が生まれた
この二柱（ふたはしら）も　独り神と成り　身を隠した

此の五柱（いつはしら）は　別天（ことあま）つ神（かみ）
高天原で
地上の世界を作り支配する　神々を作っていく

神世七代（かむよななよ）　独り神

次に生まれたのが
地上世界の　安定と繁栄を支配する神　国之常立神（くにのとこたちのかみ）
生命体を育む野を　その野を覆う美しく豊かな雲を作る神　豊雲野神（とよくもののかみ）
この二柱も独り神と成り　身を隠した

神世七代（かむよななよ）　男女対の神の誕生　伊邪那岐神（いざなきのかみ）・伊邪那美神（いざなみのかみ）

高天原で神々は
地上界を作るため　男女の神をつくり始める
先ず　土や砂から男女の神の形ができてくる　宇比地邇神（うひぢにのかみ）・妹須比智邇神（いもすひちにのかみ）
次に　できたのが　活力のみなぎる男女の神　角杙神（つのぐひのかみ）・妹活杙神（いもいくぐひのかみ）

次いで
男女の違いを表した　美しい身体を持つ　意富斗能地神（おほとのぢのかみ）・妹大斗乃弁神（いもおほとのべのかみ）
次に　美しい顔を持つ　於母陀流神（おもだるのかみ）・妹阿夜訶志古泥神（いもあやかしこねのかみ）
最後に　美しい男女の完成された神　伊邪那岐神（いざなきのかみ）・伊邪那美神（いざなみのかみ）が誕生

（独り神は　それぞれ一代　対の神々は対で一
代神世七代「かむよ　ななよ」と呼ばれている
ここまでの長い年月を顕すのか）

伊邪那岐命と伊邪那美命

淤能碁呂島

高天原の神々　天つ神たちは
地上界に　神々の理想の国
葦原中国を作るために
此の美しい男女の神　伊邪那岐命と伊邪那美命に
天の沼矛を授け
地上界へ　行くことを命じた

此の矛は　その先に鈴が付き
ころころおろと歌う矛

二柱の神
天上界の浮き橋に立って　さあ　地上界へ

矛は　周囲の世界を　掻（か）き分ける
矛の鈴　こおろこおろ　鳴り響く
矛の先から　おちる塩
ゆっくりゆっくり　固まって
とっても　大きな島　になる
二柱が　付けた名は　淤能碁呂島

でも　不思議
できたばかりの島なのに
大きな御殿と　太い大きな御柱（みはしら）が　立っていた

神の結婚

その太い　御柱の前で　伊邪那岐命と伊邪那美命
二柱　併せて　国を産もうと話し合う
伊邪那岐命は　一処　成り余る男神
伊邪那美命は　一処　成り足らない女神
さて　どうやって
御柱を　右と左から　廻り逢い
先ず　伊邪那美命　「阿那邇夜志、愛袁登古袁（なんとまあ　素敵な方）」
次いで　伊邪那岐命　「阿那邇夜志、愛袁登売袁（なんとまあ　素敵な娘）」
そして　二柱は結ばれるけれど
伊邪那岐命に　不安がよぎる
「女神から呼びかけるのは良くないのでは　ないか」

不安的中　生まれた子は　不完全
水蛭子（ひるこ）　葦船（あしふね）に載せて　水の流れの彼方へ
　海の向こう　川の流れる向こうには　浄土
　（これっ仏教思想かな　灯籠船で　御魂を流す行事
　まあ深く追求はしない　先へ進も）
淡島（あはしま）は　子の中に入れないくらい不完全

二柱は　天つ神たちに相談
神たちは　鹿の肩の骨を使って占いをして　結論
やはり　女から先に声をかけたのが良くない　やり直し
「何で　女が先に言っちゃいけないの」
何て言いません　伊邪那美は

国産み

二柱は言われる通り　やり直し
先ず　伊邪那岐命「あなにやし　えをとめを」
次に　妹伊邪那美命「あなにやし　えをとこを」
言い終わって　御会(みあひ)して
国々を　産むことに

（お忘れなく　古事記では　国といえども神様です）

生まれた　島は
先ず　淡道之穂之狭別島(あはぢのほのさわけのしま)（淡路島）
次に　伊予之二名島(いよのふたなのしま)
　此の島は　身体一つに　顔が四つ　顔ごとに名まえ有り
伊予国(いよのくに)は愛比売(えひめ)　讃岐国(さぬきのくに)は飯依比古(いいよりひこ)

粟国(あはのくに)は大宜都比売(おほげつひめ)　土左国(とさのくに)は建依別(たけよりわけ)
つまり　今の四国
次に　隠伎之三子島(おきのみつごのしま)　亦の名は天之忍許呂別(あめのおしころわけ)
次に　筑紫島(つくしのしま)
此の島も　身体一つに　顔が四つ　顔ごとに名まえ有り
筑紫国(つくしのくに)は白日別(しらひわけ)　豊国(とよくに)は豊日別(とよひわけ)
肥国(ひのくに)は建日向日豊久士比泥別(たけひむかひとよくじひねわけ)　熊曾国(くまそのくに)は建日別(たけひわけ)
つまり　今の九州
次に　伊岐島(いきのしま)　亦の名は天比登都柱(あまひとつはしら)
次に　津島(つしま)　亦の名は天之狭手依比売(あめのさでよりひめ)
次に　佐度島(さどのしま)
次に　大倭豊秋津島(おほやまとあきづしま)を産む　亦の名は天御虚空豊秋津根別(あめのみそらとよあきづねわけ)
此の八つの島を先ず産んだことから　大八島国(おほやしまくに)と呼ばれる

さらに　暫くしてから　六つの島を次々に産んでいく
吉備児島　亦の名は建日方別
小豆島　亦の名は大野手比売
大島　亦の名は大多麻流別
女嶋（国東半島沖の姫嶋か）　亦の名は天一根
知訶島（五島列島か）　亦の名は天忍男
両児島（五島列島南　男女群島の男島　女島か）亦の名は天両屋

お分かりですね
大八島と六つの小島　生まれた理由
海上交通上　重要な島　淡路島　四国　九州が先ず生まれ
近辺の小さな島が生まれていく
海上交流が如何に盛んで　重要だったか

小さな　小さな島まで　神様の名を付けて
　昔から付いていたのか　新しく神様として付けたのかは　分からない
大切な島々だから　やはり神様
そして　島には磯がある
磯は　食料の宝庫
海上交通上も　磯の食料はとても大切

（注目
　東は佐渡島まで　東の国々　蚊帳の外か）

秋津島って
水のきれいな列島には　夏から秋
トンボが群れ飛んでいた
　水田の稲穂と美しい水の流れと　群れ飛ぶトンボ

水田にトンボ
きれいな水は稲の収穫に重要
トンボは　きれいな水のあるしるし　豊かな収穫の象徴

神産み

国産みが終わると　次は神産み
先ず　生まれる神の仕事を　助ける神　大事忍男神（おほことおしをのかみ）　が生まれ
次に　神々が宿る場　大地を作り固める男神と女神
石土毘古神（いはつちびこのかみ）　石巣比売神（いはすひめのかみ）

その大地に　高い山を作り　雨が吹きつける　雪が屋根のように覆う
木々を吹き抜ける目に見えない風を作る　神を産む
大戸日別神（おほとひわけのかみ）・天之吹男神（あめのふきをのかみ）・大屋毘古神（おほやびこのかみ）・風木津別之忍男神（かざもくつわけのおしをのかみ）

大地に出来た　海　河　山々　木々　吹く風　野に
宿る神を産む
海の神　大綿津見神　水戸（水の門口）の神　速秋津日子神・妹速秋津比売神
風の神　志那都比古神　木の神　久々能智神　山の神　大山津見神
そして
野の神　鹿屋野比売神　亦の名は野椎神

伊邪那岐・伊邪那美命の神産みは続く
海上交流　海上交通に大切な船に宿る神
鳥之石楠船神　亦の名は天鳥船（鳥のように速く行く船）を産み
生きるのに必要な　食べ物を作る神　大宜都比売神（食物の神）を産む

そうして神の子も神産みをする

きれいな水辺で群れ飛ぶトンボ
小さな風　すいすい泳ぐ小さな虫が
水面に作るさざ波の
美しさと　静けさの中に　神を見る
湖ができ
野を潤す河はいく枝にも　分かれ
時には大暴れするけれど静かに　流れて行く
生命が生きて行くために　欠かせない水を　与えてくれる神々
やはり　群れ飛ぶトンボの子

速秋津日子神・妹速秋津比売神の二柱から　生まれ出たのは
沫那芸神（あわなぎのかみ）・沫那美神（あわなみのかみ）　頬那芸神（つらなぎのかみ）・頬那美神（つらなみのかみ）
天之水分神（あめのみくまりのかみ）・国之水分神（くにのみくまりのかみ）　天之久比奢母智神（あめのくひざもちのかみ）・国之久比奢母智神（くにのくひざもちのかみ）

連なる高い山々　緑豊かになり　水は谷間を縫って野へ流れ出る

大山津見神・野椎神の二柱から生まれたのは
峡谷に流れる水　狭くても豊かな土壌　山や野にかかる霧に宿る神
水の中の生命体に宿る神
天之狭土神（あめのさづちのかみ）・国之狭土神（くにのさづちのかみ）　天之狭霧神（あめのさぎりのかみ）・国之狭霧神（くにのさぎりのかみ）
天之闇戸神（あまのくらとのかみ）・国之闇戸神（くにのくらとのかみ）　大戸或子神（おほとまとひこのかみ）・大戸或女神（おほとまとひめのかみ）

伊邪那岐命　伊邪那美命　二柱
幸せに満ちていた
ところが
次の神を産む時　伊邪那美命は一瞬　炎に包まれ
みほとを炙（や）かれて、病み臥してしまう
その時　生まれた子が　火の神

火之夜芸速男神(ひのやぎはやをのかみ)　亦の名は火之炫毘古神(ひのかかびこのかみ)（輝く火）
　亦の名は火之迦具土神(ひのかぐつちのかみ)（陽炎のように燃える火）

病み伏した伊邪那美命の嘔吐物　糞　尿からも
神が生まれる　鉱山・粘土・湧水・生成力の神
金山毘古神(かなやまびこのかみ)・金山毘売神(かなやまびめのかみ)　波邇夜須毘古神(はにやすびこのかみ)・波邇夜須毘売神(はにやすびめのかみ)　弥都波能売神(みつはのめのかみ)
そして和久産巣日神(わくむすひのかみ)（此の神の子は、豊宇気毘売神(とようけびめのかみ)）
伊邪那美神は　力尽きて　遂に神避(かむさ)った

　　（伊邪那岐・伊邪那美の二柱の神は
　　十四島と　三十五柱の神を産んだ）

伊邪那岐命の哀しみと火の神の哀しみ

伊邪那岐命は歎き哀しんだ
枕元で泣き　足元で泣き（その涙からも神が生まれた　泣沢女神（なきさはめのかみ））
「愛（うつく）しき伊邪那美よ　子一人の命に代わったのか」
そして
十拳（とつか）の剣（つるぎ）を抜いて
輝いて燃える火の子を　斬って行く
その音は　虚空に響き渡る
伊邪那美を失った哀しみと　子を斬る哀しみの叫び
でも
斬られた火の子から　次々に神が生まれる
刀の先についた火の子から　岩や地に這った根をも析（さ）いてしまう神

石析神（いはさくのかみ）・根析神（ねさくのかみ）
刀の根本についた火の子から生まれた三柱は
猛り狂う　激しい勢いで燃える火の神たち
甕速日神（みかはやひのかみ）・樋速日神（ひはやひのかみ）・建御雷之男神（たけみかづちのをのかみ）（建布都神（たけふつのかみ）・豊布都神（とよふつのかみ）とも）
次に　刀の柄に集まった火の子は　手指から漏れ出て
勢いのある火を鎮める神に　闇淤加美神（くらおかみのかみ）・闇御津羽神（くらみつはのかみ）
（石析神から闇御津羽神まで八柱の神は　刀から生まれた）

火の神は　思った
自分だって　哀しいんだ
好きで火の神になったのじゃない
火は　恐ろしいもの　でもなくてはならないもの
大切な火

斬られた火の神と斬った刀から生まれた神々は
石根を砕く神
霊力をもち　雷を興す　勢い激しく燃えさかる火
でも火の神は優しい神
自分が果たす役割を　知っていた
そう火の神は谷間　峡谷と其処を流れる水の神にも成った
火は　水で消せる
山火事などはとても怖い
峡谷を流れる水は　木々にうるおいを与え
山の気温を下げてくれる
野に流れ入り
土　畑を潤し　おいしい作物が実る
火の子の身体からも　神々が生まれる

美しく豊かな　奥深い山　峡谷　野に近い山々　山裾の広がりを作る神たち
頭に正鹿山津見神(まさかやまつみのかみ)　胸に淤縢山津見神(おどやまつみのかみ)　腹に奥山津見神(おくやまつみのかみ)　陰(はぜ)に闇山津見神(くらやまつみのかみ)
左手に志芸山津見神(しぎやまつみのかみ)　右手に羽山津見神(はやまつみのかみ)
左足に原山津見神(はらやまつみのかみ)　右足に戸山津見神(とやまつみのかみ)
　斬った刀の名は　天之尾羽張(あめのをはばり)　亦の名は伊都之尾羽張(いつのをはばり)という
　火を斬った刀も　神様になった

伊邪那美神は　出雲国と伯伎国(ははきのくに)との堺にある比婆之山(ひばのやま)に葬られた

黄泉国(よもつくに)

伊邪那岐命は　伊邪那美命に逢いたくて　逢いたくて
黄泉国に追って往く

黄泉国
殿（との）の入り口で　その戸を締めて　迎えた伊邪那美に
伊邪那岐命は　語りかける
「愛（うつく）しき私の命（みこと）　二人で作り始めた国や神　まだ作り終わっていません
還って来てください」
伊邪那美命「黄泉戸喫（よもつへぐひ）を為（し）てしまいましたが　私も帰りたい
黄泉神（よもつかみ）にお願いしてみます　その間は　決して私を見ないでください」
其の殿の内（うち）に　還って行った

待ち時間とは　長く感じるもの
待ちきれなくなった　伊邪那岐命
左の束ねた髪に挿した湯津津間櫛（ゆつつまくし）の太い刃を　ひとつ闕（か）いて
火を燭（とも）して殿の中に　入り見たものは
身体を　うじが這いまわり

頭に大雷（おほいかづち）　胸に火雷（ほのいかづち）　腹に黒雷（くろいかづち）　陰（ほと）に析雷（さくいかづち）
左手に若雷（わかいかづち）　右手に土雷（つちいかづち）　左の足には鳴雷（なるいかづち）　右の足には伏雷（ふすいかづち）
併せて八種（やくさ）の雷（いかづち）の神がいる　伊邪那美命の姿
伊邪那岐命は　びっくりし　逃げ帰る

伊邪那美命「私に辱（はじ）を　掻かせて　其の命（みこと）を追いなさい」
与母都志許売（よもつしこめ）が　追ってくる　追ってくる
伊邪那岐命　その黒い髪飾りを取って投げ棄てると
ヤマブドウが生（な）った
与母都志許売たち　是を拾って食べる間に　逃げるけれど
また　追ってくる
右の束ねた髪に挿した湯津津間櫛を　投げ棄てると
タケノコが生えた
是を抜き食べる間に　逃げられそうだったが

伊邪那美命　八種の雷の神に　千五百(ちいほ)の黄泉軍(よもついくさ)を副(そ)えて追わせた
伊邪那岐命　持っていた十拳の剣を抜いて　後手(うしろで)に振りながら　逃げる
でも追ってくる
黄泉ひら坂の坂本まで来た時に
其の坂本に在る桃子(もものみ)を三箇(みっつ)取って　投げ撃ったら
八種の雷の神　千五百の黄泉軍(よもついくさ)　悉(ことごと)く坂を返って行った
伊邪那岐命　桃子に感謝し
「桃の実よ　私を助けたように　葦原中国(あしはらなかつくに)のあらゆるうつくしい青人草(あおひとくさ)が
苦しみ　愁い　悩む時　助けてやってくれ」
桃の実を　意富加牟豆美命(おほかむづみのみこと)と号(なづ)けた
最後に　伊邪那美命　身自(みづか)ら追ってきた
伊邪那岐命　千引(ちびき)の石(いは)で　黄泉(よもつ)ひら坂を塞(ふさ)ぐ

其の石を中に置き　各対（おのおのむ）きあって
すさまじい別れの言葉を　言い合った
伊邪那美命
「愛（うるは）しき私の命（みこと）　あなたがこんな仕打ちをしたから
あなたの国の人草（ひとくさ）を　一日に千人　殺しましょう」
伊邪那岐命
「愛（うつく）しき私の命　それなら　私は一日に必ず千五百人生まれるようにします」
是を以て　一日に必ず千人死に　一日に必ず千五百人生まれる

そして　伊邪那美命は黄泉津大神（よもつおほかみ）
其の追ってきたことから　道敷大神（ちしきのおほかみ）とも呼ばれている
亦　其の黄泉坂（よもつさか）を塞いだ石は　道反之大神（ちがへしのおほかみ）
塞いでいることから　黄泉戸大神（よもつとのおほかみ）ともいう
其の所謂（いわゆる）　黄泉ひら坂は　今（奈良時代）　出雲国の伊賦夜坂（いふやさか）

伊邪那岐命の神産み

禊(みそ)ぎ

黄泉国の穢(けが)れを滌(すす)ごうと　伊邪那岐命
竺紫(つくし)の日向(ひむか)の橘の小さな港　阿波岐原(あはきはら)へ向かう
阿波岐原で禊(みそ)ぎ開始
先ず　身に着けているものを　投げ棄てて
陸上・海上を行き交う旅の中に宿る神々を産む
　杖は　船着き場　衝立船戸神(つきたつふなとのかみ)に
　帯は　曲がりくねった長い道　道之長乳歯神(みちのながちはのかみ)
　嚢(ふくろ)は　過ぎゆく時を計る神　時量師神(ときはからしのかみ)
衣は　いろいろな決まり事を作っていく神　和豆良比能宇斯能神(わづらひのうしのかみ)

褌は　分かれ道　道俣神
冠は　食べるものを供給する神　飽咋之宇斯能神
左手の手纏は　沖に住む大小様々な魚　蟹　貝を作り　其処に宿る神
奥疎神・奥津那芸左毘古神・奥津甲斐弁羅神
右手の手纏は　磯に住む大小様々な魚　蟹　貝を作り　其処に宿る神
辺疎神・辺津那芸左毘古神・辺津甲斐弁羅神

海や磯のおいしい食べ物は　旅するために大切なもの
充分食べて　元気に旅ができるように
次のものが　また充分食べて　元気に旅ができるように
気を配りながら　みんなで別けて採って食べる

次に　身体を滌ぐことに
「上は　流れが速い　下の流れは　弱い」と　言って

中の流れに飛び込んで　初めて滌ぎをした時に
まず　其の穢れた国で　汚垢(けが)れた事によって
禍(わざわい)・病気をもたらす神が生まれた　八十禍津日神(やそまがつひのかみ)・大禍津日神(おほまがつひのかみ)
其の禍・病を治すため　次に生まれた神は三柱(みはしら)
神直毘神(かむなほびのかみ)　大直毘神(おほなほびのかみ)　伊豆能売(いづのめ)
次に水底・中程・水の上で　滌いだ時　それぞれの場で
大切な食べ物　海藻やエビの神が生まれた
底津綿津見神(そこつわたつみのかみ)　底箇之男命(そこつつのをのみこと)　中津綿津見神(なかつわたつみのかみ)　中箇之男命(なかつつのをのみこと)
上津綿津見神(うへつわたつみのかみ)　上箇之男命(うはつつのをのみこと)
（海藻やエビは　栄養充分
また海藻は鉄分を含む　海藻を集めて鉄を取り出す　鉄の利用か
この綿津見神は　錬金術の安曇の連の祖　エビは住之江のご神体）

三貴子の誕生

そして
左の目を洗った時に　天照大御神
右の目を洗った時に　月読命（つくよみのみこと）
鼻を洗った時に　須佐之男命（すさのをのみこと）が生まれた

父伊邪那岐命は
その頸に掛けた珠飾りを　ゆらりゆらり揺らしながら
天照大御神の頸に掛け　厳かに言った
「あなたは　高天原を治めよ
高天原・葦原中国（あしはらなかつくに）に明るい光を射せ」

月読命に
「おまえは　夜之食国（よるのをすくに）を治めよ
暗い夜の　道しるべとなれ」
須佐之男命には
「おまえは　海原（うなはら）を治めよ
大切な　海上交流　守り栄える神になれ」

須佐之男命と天照大御神

姉　弟

須佐之男命は　大きくなっても　泣いてばかり
「私は　妣（はは）のいる　根之堅州国（ねのかたすのくに）に往きたいだけなのに
私が泣くと　青山を枯山（からやま）のように枯らし　河海（かはうみ）を乾（ほ）してしまう
そして　狭い場所を飛びまわる蠅の音のように悪い神々の声が満ちて
すべての事に　妖（わざはひ）が起こって来る」
父伊邪那岐大御神は　大変　忿怒（いか）って
「おまえは　葦原中国に住んではならない　神の世界から出ていけ」
須佐之男命を　追放し　自分は淡海（あふみ）の多賀に鎮座してしまった

須佐之男命
「では　姉天照大御神に『私は海原を治めません』と断って
根の堅州国へ行こう」
高天原へ昇っていったが
天(あめ)に上(のぼ)る時も　山川は荒れに荒れ　国土はみな　大きく振れ動いた

高天原では　姉天照大御神
「弟は　私の国を　奪おうとやってくる」
軍(いくさ)したくをして待ちかまえた

天照大御神は　問う
「何のために　昇って来たのか」
須佐之男命
「私には、やましい心はありません　唯　大御神の命(みこと)に『なぜ泣いてばかりいる

海原を治めもせず』と聞かれたので
『私は　妣の国に住みたいと欲(おも)い泣いているのです』とお答えしたところ
大御神は怒り『此の国に在ることはならぬ』と　追放されました
此の事を　姉上天照様に　申し上げようと　参い上(のぼ)りました
やましい心は　ありません」

天照大御神
「おまえの心が清く明るいことは　どのようにして知ればいいのか」
須佐之男命の答
「各　誓(うけひ)にて子を産みましょう」

うけい（誓(うけひ)）

二柱は天の安の河を中に挟んで立ち

先ず　天照大御神　須佐之男命の持つ十拳の剣もらいうけ
三段（みきだ）に打ち折って　ゆらゆらさらさら天（あめ）の真名井（まない）で振り滌ぎ
噛んで噛んで吹きだした息吹でできた霧に　生まれたのは　三柱の女神
多紀理毘売命（たきりびめのみこと）　亦の名は奥津島比売命（おきつしまひめのみこと）
市寸島比売命（いちきしまひめのみこと）　亦の名は狭依毘売命（さよりびめのみこと）　そして　多岐都比売命（たきつひめのみこと）

次に　須佐之男命
天照大御神の左の束ねた髪に纏（まと）った　八尺（やさか）の勾璁（まがたま）をつないだ珠飾りをもらい
ゆらゆらさらさら天の真名井で振り滌ぎ
噛んで噛んで吹きだした息吹でできた霧に生まれた神は
正勝吾勝々速日天之忍穂耳命（まさかつあかつかちはやひあめのおしほみみのみこと）
右の束ねた髪に纏った珠飾りからは　天之菩卑能命（あめのほひのみこと）
髪飾りの珠からは　天津日子根命（あまつひこねのみこと）
左の手に纏った珠からは　活津日子根命（いくつひこねのみこと）

右の手に纏った珠からは　熊野久須毘命　　併せて五柱の男神
天照大御神は　須佐之男命に
「是の後に生まれた五柱の男子は　私の持ち物が本になっているから　私の子
先に生まれた三柱の女子は　須佐之男命の持ち物から成ったから　須佐之男命の
子」

天之菩卑能命の子　建比良鳥命は
出雲・無耶志・遠江国等の造の祖
天津日子根命は　やはり種々の国の造・連の祖
多紀理毘売命・市寸島比売命・多岐都（田寸津）比売命は
それぞれ胸形（宗形）の奥津宮・中津宮・辺津宮に坐て
海上交通の守り神になった

天(あめ)の石屋(いはや)

須佐之男命は　天照大御神に
「私の勝ちですね　心が清く明るいから　私は　手弱女(たわやめ)を得ました」

でも　須佐之男命は　もやもやのまま　いらいらする
天照大御神の営田(つくりた)を荒らす　大嘗(おほにへ)を行う御殿に糞をまきちらす
好き放題　乱暴な行いを　続けるが
天照大御神はとがめない

ある日
天照大御神が忌服屋(いみはたや)で　神御衣(かむみそ)を織らせている時に
其の服屋(はたや)の天井に穴があき

異様な形で皮膚を剥がされた天の斑馬が落ちて来た
びっくりした天の服織女が　梭で陰上を衝いて死ぬと
「恐れ多いこと」と　天照大御神　天の石屋の戸を開くや
その中に　こもってしまった
高天原・葦原中国　真っ暗になり
狭いところで蠅が騒ぐような　万の神の嫌な声が満ち
いろいろな妖が　起こって来た

「此れは遺憾　なんとかせねば」
八百万の神　天の安の河原に集まって
高御産巣日神の子　思金神に
「なんとか考えろ」と命令

思金神

常世の長鳴鳥を集め鳴かせ　伴緒の神々に　それぞれの仕事を命じた
伊斯許理度売命は　鏡を作り
玉祖命は
たくさんの八尺の勾璁を貫いて　長い緒に通した珠飾りを作り
天の香山の真賢木の上の枝に　取り著け
真賢木の中の枝には八尺の鏡を繋け
下の枝に白丹寸手・青丹寸手をつるした
布刀玉命・天児屋命は　御幣を取り持って詔戸をあげ
天手力男神　戸の掖に隠れ立ち
天宇受売命が　天の真析蔓の髪飾りをつけ
天の香山の　日陰蔓を手次にし　小竹の葉を束ねもち
胸乳あらわに　裳の緒をほとまで垂らして
天の石屋の戸の前に伏せた桶を蹈み鳴らし　神懸り為たかのように踊った
八百万の神々の咲いが　高天原に鳴り響く

天照大御神　天の石屋の戸を細く開いて　天宇受売命に聞いた
「高天原・葦原中国も　皆　闇(くら)いはずなのに
なぜ　そなたは楽(あそび)を為(し)　八百万の神はみな咲うのか」
「あなた様に益す　貴き神が出現なさいました
みんな　歓喜(よろこ)び咲い楽ぶのです」
天宇受売命が　お返事している間に

天児屋命・布刀玉命　其の鏡を指し出(い)だし　天照大御神に示す
天照大御神　逾(いよ)よ不思議に思い　そろそろ　戸から出て
鏡の中の自分の姿に　見いったその時
隠れていた天手力男神　其の御手を取り　引き出(い)だし
布刀玉命　しめ縄を御後方(みしりへ)に引き渡して
「此(これ)より以内(うち)に御戻りにはなれません」

同時に　高天原と葦原中国と　自然に明るくなった

須佐之男命

高天原からの追放

八百万の神　合議をし
須佐之男命の鬚(ひげ)と手足の爪切り　千位(ちくら)の置戸(おきと)を背負わせ
高天原からの追放を決定

鼻・口と尻から種々の味物(うましもの)出して　調理をして進呈した大気都比売を
須佐之男命は「穢れたものを」と腹を立て　殺したが
殺された大気都比売神の頭に蚕(こ)　二つの目に稲種(いなだね)　二つの耳に粟(あは)　鼻に小豆(あづき)
陰(ほと)に麦　尻に大豆(まめ)が生まれた
神産巣日御祖命(かむむすひのみおやのみこと)は

茲（こ）の生まれた蚕・穀物の種（たね）をすべて須佐之男命に取らせた
（殺された大気都比売神の死体から様々な穀物が出た
　須佐之男命が世界にもたらした物の一つ）

八俣（やまた）のおろち退治　伝説

須佐之男命は　出雲国の鳥髪（とりかみ）に降り立った
ここを流れる肥の河　その河上へ　登っていくと
国つ神の老人足名椎（おきなあしなづち）と　その妻手名椎（めてなづち）が　女櫛名田比売（むすめくしなだひめ）と泣いている
「なぜ泣くのか」
「毎年　高志（こし）の八俣のおろちがやって来て
娘たちを生贄（いけにえ）に差し出さねば　成りません
私の娘も七人　生贄になりました
今年は　この櫛名田比売が生贄です

それで　泣いています」
「八俣のおろちとは　何ものですか」
「身一つに　頭と尾が八つあり
其の身には　蘿(ひかげ)（つた）・檜(ひ)・椙(すぎ)が生え
其の長さは谿(たに)八つ・山八つに渡り
紅い目を光らせながら　赤くただれた腹で　うねりうねりやって来て
周りを　根こそぎ食い荒らして行く
それは　それは　恐ろしい　魔ものです」

「私は　天照大御神の弟　今天よりやってきたところだ
その魔もの　おろちを　退治しよう
私の言うとおりに　やってくれ
そして　櫛名田比売を妻にしたい」

須佐之男命　櫛名田比売を櫛にして　髪の束に挿し
「何度も何度も醸造した酒を作れ
垣をめぐらし　八つの門を作り　それぞれに大きな酒船を置き
船ごとに　其の酒を満たせ」

待つときに
その八俣のおろち　ものすごい勢いでやってきて
酒船ごとに頭(かしら)をつっこんで　その酒を一気に飲み
酔って寝てしまった

須佐之男命　十拳の剣を抜いて
其のおろちを切り散らしていく
肥河(ひのかは)は　真赤になって流れる

中程の尾を切った時に　刀の刃が毀れた
其処を　刺し割って見ると　つむ羽の大刀在り
此の大刀　奇異しきものと　天照大御神に献上した
是が　草那芸之大刀

須賀の宮

須佐之男命の働きで　出雲国は　おろちの心配が無くなり
稲は豊かに実り　鉄の道具を　作り使うようになった

ある日　須佐之男命　須賀という地にやって来て
「ここにいると　心がすがすがしくなる」
今（奈良時代）「須賀」という其の地に　宮を作った
八雲立つ　出雲八重垣　妻籠みに　八重垣作る　その八重垣を

神の化身の雲が　豊かに湧き　おろちが無くなった出雲に
何重にも垣を作り
妻たちが　幸せに暮らせるよう宮を作った
国つ神足名鉄神を　其の宮の首に任命し　稲田宮主須賀之八耳神と号けた

そして　其の櫛名田比売と　くみどに起して生まれた神の名は　八島士奴美神
又　大山津見神の女　名は神大市比売を娶って生まれた神は　二柱
大年神と宇迦之御魂神

第一子　八島士奴美神の子は　布波能母遅久奴須奴神
順に　須佐之男から数え六代目天之冬衣神が刺国若比売を娶って
生まれた神が　大国主神　此の神　他に四つの名有り
大穴牟遅神　葦原色許男神　八千矛神　宇都志国玉神
須佐之男命から数えて七代目　是に　大国主命が誕生する

やがて　須佐之男は　根の堅州国へ去った

大年神（おほとしのかみ）と宇迦之御魂神（うかのみたまのかみ）

須佐之男と　大山津見神の女　神大市比売の間に生まれた神
大年神と宇迦之御魂神の家系は　政権争いを避け
全国の稲作発展に力を尽くしていく

宇迦之御魂神は　稲の神　豊かな収穫の神

大年神には　子どもが十六人いた
　大国御魂神（おおくにみたまのかみ）は出雲国家の家老職に就いた
韓の神と曾富理（そおり）（ソオル　京城か）は　朝鮮半島に関連か

白日（むかひ）の神は九州白日地方（後の日向地方か）（国産みの時　筑紫の国は白日別）
聖（ひじり）の神は日尻のこと　白日より西　肥後（ひじり）の国かな
大香山戸臣（おおかぐやまとおみ）の神は　加賀倭地方　加賀の国の守り
羽山戸（はやまと）の神は羽倭地方　そう出羽の国　羽前・羽後地帯に
　山戸とは大倭豊秋津島（出雲を中心とした中国地方）の地続きを示す

これらのほかに技術者もつくりだした
奥津日子（おきつひこ）は沖つ彦で　漁業技術者
奥津比売（おきつひめ）は　竈（塩を焼くかまど）の神　製塩技術者
大山咋（おおやまくい）の神は林産技術者　庭津日（にわつひ）の神（庭つ比売）は造園技術者か
阿須波（あすは）の神　波比岐（はひき）の神は共に宅神　女性で家政のとり仕切り
御年（みとし）の神　大土（おおつち）の神（別名　土之御祖（つちのみおや）の神）は農業技術者
　それぞれ作物栽培技術　土地改良技術を普及した神か

羽山戸（はやまと）の神の農業立国策

大年神の子　羽山戸の神は　羽倭地方に勢力をおろし
高天原から　嫡妻（むかひめ）に農業技術者の大気都比売を招き
林産技術・農業作物　とくに穀類栽培技術　育苗技術　灌漑技術
果実・野菜・根茎野菜の栽培技術などを　出羽地方で開く八柱の神を産んだ

大国主神

稲羽の素兎（しろうさぎ）伝説と八上比売（やかみひめ）

大国主神には　腹ちがいの兄弟がたくさんいた（八十神（やそかみ）という）

八十神は稲羽の八上比売（やかみひめ）を妻にしたいと欲い
大穴牟遅神（おほあなむぢのかみ）を従者（ともびと）と為（し）て　袋を負わせて
稲羽へ向かう

気多之前（けたのさき）に来た時　裸（あかはだか）の兎が横たわっていた
八十神　いじわるがしたくて
兎に「海水を浴び、風に当って寝ていろ」と　教えた

兎は　言われた通りにしていると
海水が　乾いてきて　皮は　風でずたずたに引き裂かれ
痛み　苦しみ倍々増
そこへ
大穴牟遅神がやって来た
其の兎を見て「なぜ泣いているのですか」
「淤岐島(おきのしま)の兎です　気多之前(けたのさき)に渡りたくて
わにを騙して渡っている時
さあ着くぞ　つい嬉しくなって
『わぁ　騙されたね』と言ってしまったのです
懲らしめに　わにに衣服(ころも)をすべて剥がされました
そして　八十神の教えに従ったら　皮膚が全部傷(やぶ)れました」
大穴牟遅神　其の兎に「今すぐ　此の水門(みなと)に往き　その真水で　身を洗って
其の水門の蒲黄(かまのはな)を　敷き散(ちら)して　其の上で転がりなさい　本の膚(はだ)になるから」

教えに従うと　兎の身は本に戻った

〈此（これ）　稲羽の素兎の話〉

その兎が　大穴牟遅神に言った「八上比売は　あなたを選ぶでしょう」

八十神

やってきた八十神に　八上比売は言った

「大穴牟遅神と結婚したい」

八十神は　怒って　大穴牟遅神を殺そうと欲い　謀議

そして　大穴牟遅神は　すっかり謀られ

猪に仕立てた　真っ赤に燃えた石に　焼き著（つ）けられて殺されたり

氷目矢（ひめや）で撃ち殺されそうになったり

その時々
其の母が　天の神産巣日之命（かむむすひのみこと）に嘆願
生き還れたが　まだまだ　謀られそう
天の神産巣日之命が
木国（きのくに）の大屋毘古神（おほやびこのかみ）のところに　逃がせたが
八十神　またまた見つけて追ってくる

大屋毘古神が
「須佐之男命が坐（いま）す根堅州国にお行きなさい
其の大神　必ずいい知恵を授けてくれるでしょう」

根の堅州（かたす）の国（くに）

大穴牟遅神　根の堅州国にやってきた

須佐之男命の女須勢理毘売(すせりびめ)出できて　互いに一目ぼれ
結婚してしまう
父須佐之男大神
「これはこれは　葦原色許男命(あしはらしこをのみこと)　よく来た」
と歓迎するが
「此の男　優しいだけ
兎を助け　八上比売に慕われたが
八十神の謀りごとに　二度もはまり
そのたびに　母の願いで救われている
謀(はか)りごとを切り抜ける力が必要
是に来たからには　須勢理毘売が　どう思うかはしらないが
私の与える試練に勝たなければ
葦原中国を　作り上げることはできない
さて　やるか」

大穴牟遅神と須佐之男大神との戦いが　始まった
大穴牟遅神
ある夜は　蛇(へみ)の室(むろ)に　ある夜は、呉公(むかで)と蜂との室に　寝かせられたが
須勢理毘売から　そっともらった　蛇や呉公や蜂のひれ（領布）をふって
静かにゆっくり眠った
ある日　広い野に射入れた鳴鏑(かぶら)を取りに行かされた時は
野に火が付けられ　焼け死ぬところを　ネズミに助けられた

戦いは続く
大神　その頭を這う呉公を　虱(しらみ)といって　採らせた
やはり妻須世理毘売から　そっと渡された　椋(むく)の木の実と赤い土で
呉公を採るふりをしていると
大神　心の中で　かわいい奴だと思い　眠り込んだ

大穴牟遅神と妻須世理毘売
部屋の椽ごとに　大神の髪を結び著け
五百引の石でその入口を塞ぎ
大神の生大刀と生弓矢　天の沼琴を取って　逃げ出した
天の沼琴が　樹に触れたとき　大地に鳴り響いたが
寝ていた大神　すぐには　追いかけられず
黄泉ひら坂で　遥かに望んで呼びかけた
「大穴牟遅神よ　其のおまえが持っている生大刀・生弓矢で
おまえの腹ちがいの兄弟を　山に　河に　追い払え
大国主神と成り　亦宇都志国玉神と為って　須世理毘売を適妻として
宇迦能山の麓で　底津岩根の上に　太い宮柱を立て　高天原に氷椽（千木）を高く掲げて住め」

大穴牟遅神

生大刀・生弓矢を使い　其八十神を追い払い　始めて国を作った
八十神は　大国主神に国を譲り　去っていった

大国主神は
国作り　交易のため旅をし　多くの妻を求めた
胸形の奥津宮にいる神　多紀理毘売を娶って　生まれた子は二柱
　阿遅鉏高日子根神・妹高比売命　亦の名は下光比売命
神屋楯比売命を娶って生まれた子は　事代主神
八島牟遅能神の女　鳥取神を娶って　生まれた子は　鳥鳴海神
ある時は　八千矛神として　高志国の沼河比売と結ばれようと　出かけたり

須世理毘売（すせりびめ）

ある日　倭（やまと）の国へ旅立とうと
馬の鞍に手を置き　鐙に片足を乗せ
妻須世理毘売に　歌いかけた

私たちが　鳥のように　出かけると
あとに残った　あなたは
一本の薄のように　しょんぼりうなだれて
泣くのでしょうね
その寂しさは　朝の霧になって流れるのでしょうね

須世理毘売は　返した

大国主神

あなたは　男だからどこへでも　行ってしまわれる
行く先々　若草のような妻をお持ちでしょうが
私は　女ですから　あなた以外に　男も夫も
居りません
私の　玉のような手を枕にして
脚をのびのびと伸ばして　おやすみなさい

彼は出発を　あきらめた

あの八上比売も　やってはきたが
適妻（むかひめ）須世理毘売を敬い畏れて　其の産んだ子を木の俣に刺し挟（はさ）んで帰った
其の子を名づけて木俣神（きまたのかみ）　亦の名は御井神（みいのかみ）

大国主神の国作り

大国主神　出雲の御大(みほ)の御前(みさき)にいる時に
穂波の向こうから　天の羅摩(かがみ)の船に乗って
鵝(かり)（雁）の皮を剥いで作った　衣服(ころも)を着た神が　やって来た
彼は　名まえを名乗らず
また　誰も何ものか知らない　困っていると
たにぐく（ヒキガエル）が
「久延毘古(くえびこ)に聞いてごらん　必ず知っているよ」という
「彼は神産巣日神(かむむすひのかみ)の子　少名毘古那神(すくなびこなのかみ)」と久延毘古
神産巣日御祖命(かむむすひのみおやのみこと)にお聞きしたら
「此は　ほんとうに我が子　我が手を繰(くぐ)り抜けて出て行った子
葦原色許男命(あしはらしこをのみこと)と兄弟(はらから)となって　国を作り堅めるだろう」

それより　大穴牟遅と少名毘古那と二柱の神　相並(あひとも)に此の国を作り堅めた
後　其の少名毘古那神は　常世国(とこよのくに)に渡って行った
　その少名毘古那神を知っていた久延毘古は
　今にいう山田のそほど（案山子）
　足は一本で歩けないが　尽く(ことごと)天の下の事を知っている神

少名毘古那神が　いなくなると
大国主神　心細くなり　「これから独りで　国を作れるだろうか
一緒に国を作ってくれる神はいないものか」
是の時に　海を光(てら)して神がやってきた
其の神は
「私を　しっかり奉ってくれることが　良い国を一緒に作ることになる」
大国主神　「どのようにして」と　尋ねると

「倭の青垣の東の山の上に祭壇を作り　大切に祭りなさい」
これ　御諸山（三輪山をさす）にいる神

大国主神　独白

私は　出雲の国づくりをした
でも　一人でしたのではない
多くの神々に　助けられ
天からも　助けられ
遠くの国々と交流し
良い国を　作ることができた
美しい山川　水の流れ　稲穂が豊かに実り
鳥や虫が　楽しく　群れ飛べる国を

葦原中国の平定

天菩比神の派遣

高天原では　天照大御神
「豊葦原千秋長五百秋水穂国（葦原中国）は
正勝吾勝々速日天忍穂耳命（うけいでできた最初の子）の治める国」
と　天之忍穂耳命に　命じたが
豊葦原千秋長五百秋水穂国は　大変騒がしく　荒れている
この国の道速振る・荒振る国つ神等を　従わせるには　どうすればいいか
高御産巣日神・天照大御神は　思金神　八百万の神に相談
天菩比神（うけいで産まれた二人目の子）を派遣した

しかし　彼　大国主神に媚びて　三年たっても知らん顔

天若日子（あめわかひこ）の派遣

高御産巣日神・天照大御神　亦諸（もろもろ）の神等に
「葦原中国に遣（つかは）せる天菩比神　役目を果たしていない
今度は　誰を遣そうか」
思金神が
「天津国玉神（あまつくにたまのかみ）の子　天若日子を遣しますように」
天若日子に　天のまかこ弓・天のはは矢を与えて派遣
しかし
天若日子は　大国主神の女下照比売（むすめしたでるひめ）を娶り　其の国俺が欲しい
獲りたいと考えていて　八年（やとせ）経っても　知らん顔

天照大御神・高御産巣日神　また諸の神に
「天若日子　なぜ長く留まって　返事をして来ないのか
わけを聴くのに　どの神を遣そうか」
諸の神と思金神　「雉(きざし)　名は鳴女(なきめ)を遣しましょう」

鳴女　天より降り到りて、天若日子の門(かど)の湯津楓(ゆつかつら)の上で
天つ神の詔を　伝えた
『あなたの葦原中国での使命は　其の国の荒振(あらぶ)る神等を柔らかく従わせること
どうして八年も返事がないのです』

これを聞いていた　天佐具売(あめのさぐめ)（探り女の転）　天若日子に
「此の鳥は其の鳴く声　気持ちが悪い　射殺すべし」
天若日子　天つ神から賜った天のはじ弓・天のかく矢で
其の雉を射ると

其の矢　雉の胸を通って　逆まに射上がり
天の安の河の河原に坐す天照大御神・高木神（高御産巣日神の別名）の所に
飛んで来た
高木神　其の血が著いた矢を見て
「此の矢は　天若日子に与えた矢
或し天若日子に　邪心が有って射た矢なら　此の矢　天若日子に当たる」
諸の神等に示し　其の矢を　其の矢が通って来た穴から衝き返し下した
矢は　朝　寝ている天若日子の胸にあたった

建御雷神の派遣

天照大御神　再び「どの神がいいだろう」
思金神と諸の神
「天の安の河上の天の石屋にいる　名は伊都之尾羽張神か

其の神の子　建御雷之男神（たけみかづちのをのかみ）が良いでしょう」
天迦久神（あめのかくのかみ）を遣して　天尾羽張神（あめのをはばりのかみ）に聞くと
「よく分かりました　しかし　其の使いは　わが子建御雷神がよいでしょう」
是に
建御雷神に天鳥船神（あめのとりふねのかみ）を副（そ）えて派遣した
二柱の神　出雲国の伊耶佐（いざさ）の小浜（をはま）に降り到り
十拳（とつか）の剣（つるぎ）を抜いて　逆まに浪の穂に刺し立て
其の剣の前（さき）に胡坐をかいて　大国主神（葦原中国の意）に
天照大御神・高木神の命（みこと）を伝えた
「葦原中国は　天照大御神の御子がお治めになる国　あなたの心は　奈何（いか）に」
大国主神（おほくにぬしのかみ）
「我が子八重言代主神（やへことしろぬしのかみ）に先ずお聞きください
彼は今　鳥の狩猟・漁労などのために　御大之前（みほのさき）に往っています」

天鳥船神を遣して　八重事代主神をそっと連れて来て　聞くと
其の父の大神に「わかりました　此の国は　天つ神の御子に立て奉りましょう」
と答え
さっさと乗ってきた船を蹈み傾けて　青柴垣に代えて隠れてしまった

「今　そなたが子　事代主神　このように　申し訖った
まだ　他に申す子　いますか」
「亦　我が子に建御名方神有り　此れ以外は無し」

其の建御名方神　千人で引くほど巨大な石を手先に載せて来て
「誰だ　我が国に来て　ひそひそしゃべっているのは
力競べをしよう　我　先ず其の御手を取らむと欲う」
建御雷神の手を取ると　その手は剣の刃を持った氷の刀のようになった

びっくりして　建御名方神は　おもわず後退り(あとすざり)
建御雷神は　建御名方神の手を取って　若葦を取るように搤(と)り投げ離した
建御名方神は　恐れをなして　逃げ去った
建御雷神は追っていき　科野国(しなののくに)の州羽海(すはのうみ)まで追い迫り　殺そうとすると
建御名方神
「まいりました　殺さないでください　此地(ここ)を除(お)いては　他には行きません
亦　我が父大国主神の命(みこと)に　八重事代主神の言に背(そむ)きません
此の葦原中国は　天つ神御子の命(みこと)の随(まにま)に献(たてまつ)ります」

大国主神の国譲り

建御雷神　出雲に還ってきて　大国主神に
「そなたの子等　事代主神・建御名方神の二柱は
天つ神御子の命の随に背くことはないといった　そなたの心はどうか」

「もちろん　此の葦原中国は　お譲りいたします
わが住所(すみか)として　底津石根に太い宮柱を立て　高天原に氷木(ひぎ)を高くかかげた
立派な宮殿を建ててくだされば　私は　この果ての出雲に隠れています
亦　他の我が子等多くの神は
八重事代主神が　お仕えしている限り　背くことはないでしょう」

建御雷神は出雲の多芸志(たぎし)に立派な神殿を建てた
神殿が完成した時　「優れた霊魂を持つ」櫛八玉神(くしやたまのかみ)がお供え物の料理を作った
　　櫛八玉神は水戸神(みなとのかみ)（秋速津日子神と秋速津比売神のこと）の孫
櫛八玉神は
鵜に姿を変えて　海底の粘土を持って来てたくさんの平たい土器を作り
海布(め)の茎で燧臼(ひきりうす)を作り　海蓴(こも)の茎で燧杵(ひきりきね)を作り
燧臼と燧杵で　火を起こし
大国主へ　言葉を捧げた

ここに　私が起こした火
天には　神産巣日御祖命（かみむすひのみおやのみこと）のところまで
土の下へは　底津岩根に届くまで
燃やし続け
海人（あま）（漁師）の捕えた　口の大きな尾の張った鱸（すずき）を焼いて
たくさんの　料理を　お供えします

是に　建御雷神　高天原へ昇り還り　葦原中国を和（やは）らげ平定したことを申し上げた

※　※　※　休憩　※　※　※

是に　神産巣日神―須佐之男命―大国主命（須佐之男命の子）―少那毘古那命

（神産巣日神の子）系が作った国は　終わり

天照―高木神（高御産巣日神のこと）系が　とってかわることになる

天照大御神の孫（天孫）天津日高日子番能邇々芸命（あまつひたかひこほのににぎのみこと）が降臨するのだが

天津日高日子番能邇々芸命の母は高木神の娘

大年神の農業技術は　そのまま国の中に浸透している

須佐之男命―大国主命関連の神社は　壊されなかったこと

そればかりか　新たに造営されたことは

その勢力をないがしろにはできなかったことを示している

そう

完全に歴史上から消し去ることはできなかった
それどころか
櫛八玉神（くしやたまのかみ）の祈りは
天にいる神産巣日神から地の底にいる大国主命まで　いつまでも続いている

※　※　※

天津日高日子番能邇々芸命

忍穂耳命と天津日高日子番能邇々芸命

太子正勝吾勝々速日天忍穂耳命に　天照大御神・高木神は
「葦原中国は平定された　降り治めよ」と命じた

太子正勝吾勝々速日天忍穂耳命
「高木神の女万幡豊秋津師比との間に　二人目の子が生まれました
名は天邇岐志国邇岐志天津日高日子番能邇々芸命
此の子を降すのがよいでしょう」
　一人目は天火明命

天津日高日子番能邇々芸命の天孫降臨

日子番能邇々芸命に　天照大御神・高木神は　詔を発した
「此の豊葦原水穂国は　あなたが治める国　天降りなさい」

天下りには併せて五人の伴緒が加えられた
天児屋命・布刀玉命・天宇受売神・伊斯許理度売命・玉祖命

さらに
八尺の勾璁　鏡　草那芸剣
そして　常世思金神・手力男神・天石門別神が副えられた
天照大御神は　日子番能邇々芸命に
「此の鏡は　私の御魂と為て　わたしの前を拝むつもりで　仕え奉れ」
思金神に「今行ったことを受けて政を為よ」

邇々芸命と思金神は、さくくしろ伊須受能宮（いすずのみや）（五十鈴宮（いすずのみや））を拝み祭った
さくくしろ（いすゞにかかる枕詞　サク＝栄える
クシロ＝釧　多くの鈴のついた美しい腕輪）
登由宇気神（とゆうけのかみ）は　外宮（とつみや）の渡相（わたらひ）にいる神
天石戸別神（亦の名は櫛石窓神（くしいはまとのかみ）　亦の名は豊石窓神（とよいはまとのかみ））は　御門（みかど）の神
手力男神は　佐那々県（さななあがた）に坐す（佐那は　三重県多気郡多気町辺りの古名）
天児屋命は　〈中臣連（なかとみのむらじ）等の祖（おや）〉　布刀玉命は　〈忌部首（いみべのおびと）等の祖〉
天宇受売命は　〈猿女君（さるめのきみ）等の祖〉
伊斯許理度売命は　〈作鏡連（かがみつくりのむらじ）等が祖〉　玉祖命は　〈玉祖連等が祖〉

日子番能邇々芸命の天降ろうとする時に　天の分かれ道に居て
上（かみ）は高天原を光（てら）し　下（しも）は葦原中国を光す神がいる
天宇受売神　天照大御神・高木神の命に従って　問うと
「国つ神　名は猿田毘古神（さるたびこのかみ）　先導させていただこうと　お待ちしております」

天の石靫(いはゆき)を背負い　頭椎(かぶつち)の大刀(たち)を腰に
天のはじ弓を持ち　天の真鹿児矢(まかこや)を手挟(たばさ)んで
御前(みさき)に立って進むのは　天忍日命(あめのおしひのみこと)・天津久米命(あまつくめのみこと)の二人
　　天忍日命　〈此は　大伴連等(おおとものむらじら)の祖〉
　　天津久米命　〈此は　久米直等(くめのあたひら)の祖〉

天津日子番能邇々芸命は
天の石位(いはくら)を離れ　天の八重にたなびく雲を押し分け　堂々と道を別け進み
天の浮橋に　颯爽と立って
竺紫の日向(ひむか)の高千穂の久士布流多気(くじふるたけ)に天降った
「此地(ここ)は　韓国(からくに)に向かい
笠沙(かささ)の御前(みさき)を真っ直ぐ　朝日が遮られることなく美しく射し
夕日が穏やかに輝く国　とても良い地(ところ)だ」と
底津石根(そこついはね)に太い宮柱を立て　高天原に氷椽(ひぎ)を高くかかげて　住み始めた

山の神の娘　木花之咲久夜毘売（このはなのさくやびめ）と石長比売（いはながひめ）

天津日高日子番能邇々芸命は　笠沙（かささ）の御前（みさき）で　麗しい美人（をとめ）に遇（あ）った
「誰（た）が女（むすめ）ぞ」
「大山津見神の女　神阿多都比売（かむあたつひめ）　亦の名は木花之咲久夜毘売と申します」
また　問う
「兄弟有りや」
「姉がいます　名は石長比売」
「吾　汝と結婚したいと欲う　どうですか」
「私は　お答えできません　父大山津見神に　お聞きください」
父大山津見神に結婚したいと遣（つか）いをすると
大山津見神　大変歓喜（よろこ）んで
姉石長比売とともに　たくさんの品物を台に載せ奉った

しかし　其の姉は大変凶醜(みにく)かったので　丁寧に送り返し
妹(いも)木花之咲久夜毘売のみを留めて　一宿(ひとよ)　婚(あひ)を為(し)た

大山津見神は　石長比売を返してきたことを　大変残念に思い
「吾が女二並(むすめふたりとも)に立て奉りしは　天つ御子の御命
石長比売を使えば　雪零(ゆきふ)り風吹くとも　恒に石のように堅く動かず
亦　木花之咲久夜毘売を使えば　木の花の栄えるように　栄え続けるから
しかし　石長比売を返らせて　木花之咲久夜毘売のみをお留めなさいました
天つ神御子の御寿(みいのち)は　木の花のように短いものと成り坐す」
と申し送った
是を以て　今に至るまで天皇命等(すめらみことたち)の御命は　長くない

木花之咲久夜毘売の出産

さて　この後　木花之咲久夜毘売がやって来て
「私は、身籠りました　今　産む時に臨んで　天つ神の御子は　私にひっそり産んではいけないと思い　申し上げています」
邇々芸命は
「咲久夜毘売とは　一宿の契のみ　それは　国つ神の子だ」と疑った
「私が身籠った子　若し国つ神の子ならば　産む時に不幸が起きるでしょう
若し天つ神の御子ならば　何も起きないでしょう」
と　木花之咲久夜毘売は
戸の無い大きな殿を作り　その内に入り　土で塗り塞ぎ
方に産む時に　其の殿に火を著けた
其の火の盛りに焼える時に生まれた子の名は　火照命

次に　生まれた子の名は　火須勢理命（ほすせりのみこと）

次に　生まれた子の名は　火遠理命（ほをりのみこと）　亦の名は天津日高日子穂々手見命（あまつひたかひこほほでみのみこと）

〈三柱〉

海佐知毘古（うみさちびこ）　山佐知毘古（やまさちびこ）　伝説

海佐知毘古　山佐知毘古

火照命（ほでりのみこと）は海佐知毘古（うみさちびこ）　海で漁労をする男　大小の魚など海の獲物を獲り
火遠理命（ほをりのみこと）は山佐知毘古（やまさちびこ）　山で狩猟をする男　様々な毛（け）を持つ獣を獲っていた

火遠理命は　海で魚を釣りたくて釣りたくて
ある日　兄火照命に「海と山の獲物獲りの取り換えっこをしませんか」
と　頼んだ　三回はことわられたが
何度も何度も　頼んで　やっと取り換えっこができた
火遠理命　海の獲物を獲る道具で　魚を釣るが　全く一つの魚も釣れない
その上　借り物の其の鉤（ち）（釣り針）を海に失ってしまった

「山の獲物　海の獲物も　自分の道具で獲ることが必要
今は各道具を元に戻そう」
兄火照命に言われ
「一つの魚も釣れず
それどころかあなたの大切な鉤を　海に失ってしまいました」
火遠理命謝ったが　兄火照命は　許してくれない
火遠理命　腰に差した十拳の剣を壊し
五百本　千本と　鉤を作り差し出したが　受けとってくれない
「本の鉤を返してほしい」と　冷たく突き放されてしまう

海の国　海原（うなはら）

「小さな鉤を　この広い海の中　どうやってさがせばいいのか」

海辺で　火遠理命が　歎き悩んでいると
塩椎神（しほつちのかみ）が　やって来て
「私に　良い考えがありますよ」

無間勝間（まなしかつま）（すき間のない）の小船を造り
「此の舟に乗って　そのままお往きなさい　よい潮の路に当たり
うろこのような宮　綿津見神（わたつみのかみ）の宮に着きます
其の神の門の傍（かたはら）にある井戸の上の香木（かつら）に登っていなさい

教えのままに行くと　すべて其の言葉通り
香木に登って待つことに

海の神の女豊玉毘売（むすめとよたまびめ）の侍女　玉の器を持って　水を汲みにやってきた
おや不思議　井戸が光っている　上を見ると

木の上に　をの子が　ひとり
「水がほしい」と言う
侍女　玉の器に水を入れ　差し出すと
水を飲まず　頸飾りの璵（たま）を　その器に吹き入れた
すると　其の璵　器にくっついて　離れない

海の神（綿津見大神）とその女（むすめ）豊玉毘売命（とよたまびめのみこと）

璵（たま）がくっついた器を受け取った　豊玉毘売命
器から離れない璵と侍女の話に
不思議なことと　門に出て見て
木の上のをの子を　一目見て　素晴らしい人と　心を動かし
其の父海の神に「我が門に麗しき人有り」とつげた
海の神　自ら出で来て

「おお　此のお方は　天津日高の御子　虚空津日高（そらつひたか）」

内に引き入れ　八重に敷いたアシカの皮の畳の上に　絁畳（きぬたたみ）を八重に敷き
其の上に坐らせ　たくさんの供え物を台に載せ　饗宴を為（し）て
女豊玉毘売と結婚させた
火遠理命　そのまま三年海原（海の世界）に住んだ

海の神の力　塩盈珠（しほみちのたま）・塩乾珠（しほひのたま）

ある夜　火遠理命　ここへ来た初めの事を思いだして　大きなため息をついた
其のため息を聞いて　豊玉毘売は　父に
「三年間　歎くことなど無かったのに　今夜一つ大きなため息をつかれました
何か理由（わけ）が有るのでしょうか」
其の父の大神　其の聟夫（むこ）に

「今日(けさ)　女豊玉が『火遠理命は　三年間　歎くことなど無かったのに
今夜大きなため息をおつきになった』と言ってきた　どうしたのだ
そういえば　此間(ここ)にやってきた理由も聞いていないな」
其の大神に　無くしてしまった兄の鉤を探していることを話した

其の大神　すべての海の魚(うを)を召集し
「鉤を取った魚は　いるかな」
諸(もろもろ)の魚が
「赤鯛(あかたい)が　喉に骨が刺さったとかで　物を食べられなくなっています」
赤鯛の喉を見ると　鉤が刺さっている
綿津見大神
それを取り出して洗い清め　火遠理命に渡しながら
「此の鉤を兄に返す時『此の鉤は　おぼ鉤（ぼんやり針）・すす鉤（猛り狂う
針）・貧鉤(まづち)（貧しい針）・うる鉤（役立たずの針）』と　言って後手(うすろで)に渡しなさい

そうして
兄が高地に田を作ったなら　あなたは、低地に田を営り(つく)
兄が低地に田を作ったら　あなたは、高地に田を営りなさい
そうすれば三年の間に　必ず　兄は　貧窮(まづ)しくなるでしょう
もし其れを悵怨(うら)んで　攻めてきたら　塩盈珠を出して溺れさせなさい
若し困って謝(あやま)って来たら　塩乾珠を出だして助けなさい
吾は水を掌(つかさど)る神だから」

そして　海の神は　火遠理命に　塩盈珠・塩乾珠を授(さづ)けた

さて　其れから　海の神　すべてのわにを召し集め
「今　天津日高の御子虚空津日高(そらつひたか)　上の国へ御帰りになる
みなそれぞれ　お送りし　還るのに幾日かかるか　言ってくれ」
各自分の大きさを考えて　日を限って申し上げていると

一尋（ひとひろ）わにが「私は　一日でお送りし還って来ます」
海の神「では　そなたがお送り奉れ
海中（うみなか）を渡る時に　危険が無いよう十分注意をして」
その一尋わにの頸に　火遠理命を載せた
約束通り　一尋わに一日の内にお送りした
其のわにが返る時　火遠理命は身に付けた紐小刀（ひもかたな）を　其の頸に著（つ）けて返した
其の一尋わには　今　佐比持神（さひもちのかみ）という

海の神の教えの言葉に従って　火遠理命　其の鉤を兄に返した
以後　兄は　どんどん貧しくなり　遂に荒い心を起こして迫めて来た
火遠理命　塩盈珠を出だして溺れさせ
許しを請うと塩乾珠を出だして救った
火照命　火遠理命に額いて
「我は　今より以後（のち）　昼夜（ひるよる）弟火遠理命の　守護人（まもりびと）と為（し）て仕え奉ります」

今も　約束の言葉通り　仕え奉っている

火照命（ほでりのみこと）は　〈隼人（はやと）の阿多君の祖〉

鵜葺草葺不合命(うかやふきあへずのみこと)の誕生

火遠理命(ほをりのみこと)と豊玉毘売命(とよたまびめのみこと)

「天つ神の御子を海原(うなはら)に生むべきではない」と思い
海の神の女豊玉毘売命は　火遠理命のもとに　やってきて
海辺の波限(なぎさ)に　鵜の羽を葺草(かや)と為(し)て　産殿(うぶや)を造り始めたが
その屋根が出来上がる前に　お産の痛みが差し迫った
火遠理命に
「凡(おほよ)そ　他の国の人は　産む時に　本の国の形になって産生(う)みます
私も　今本の身になって産みます
お願いです　決して私を見ないでください」
是に　其の言を奇(あや)しと思って　窃(ひそ)かに其の方(まさ)に産む時　伺うと

豊玉毘売命　八尋わにと化って　匍匐になり身をくねらせて動いていた
火遠理命はびっくり　恐れを成して逃げた
豊玉毘売命　其の伺い見る事を知って
「私は　恒に海つ道を通って往来するつもりでした　けれど　私の形を見られ
とても恥ずかしく　もうあなたの前には顔を出せません」
其の御子を生み置いて　海坂を塞ぎ　海原へ還って行った
其の生まれた御子の名は
鵜葺草葺不合命（天津日高日子波限建鵜葺草葺不合命）
鵜の羽で葺いていた屋根が間に合わず　生まれた命という意味
豊玉毘売命は　火遠理命への忍えられない恋心の歌を託して
御子の養育のために妹の玉依毘売を海原より送った
赤玉は　緒さへ光れど　白玉の　君が装し　貴くありけり

答える歌

沖つ鳥　鴨著(かもど)く島に　我が率寝(ゐね)し　妹(いも)は忘れじ　世の悉(ことごと)に

火遠理命（天津日高日子穂々手見命(あまつひたかひこほほでみのみこと)）は高千穂の宮に五八〇年の間坐(いま)した

鵜葺草葺不合命(うかやふきあへずのみこと)

母は海の神の女(むすめ)豊玉毘売命　父は山の神の女(むすめ)の子　火遠理命

そして　姨(をば)であり海の神の女(むすめ)の玉依毘売命を娶(めと)った

生まれた子の名は　五瀬命(いつせのみこと)

次に　稲氷命(いなひのみこと)

次に　御毛沼命(みけぬのみこと)

次に　若御毛沼命（わかみけぬのみこと）　亦の名は豊御毛沼命（とよみけぬのみこと）　亦の名は神倭伊波礼毘古命（かむやまといはれびこのみこと）

〈四柱〉

やがて

神倭伊波礼毘古命は　兄五瀬命とともに　東征に旅だち

御毛沼命は　浪の穂を跳（ふ）んで常世国に渡り

稲氷命は　妣（はは）の国　海原（うみはら）に入っていった

神倭伊波礼毘古命（かむやまといはれびこのみこと）

旅立ち　東征

「しっかりと政（まつりごと）をするのには　どの地がいいかな」
高千穂宮で　神倭伊波礼毘古命と兄五瀬命　いろいろ話し合い
「東へ向かおう」ということに
日向（ひむか）から　先ず筑紫へ
土人（くにひと）の宇沙都比古（うさつひこ）・宇沙都比売が　豊国の宇沙（うさ）で足一騰宮（あしひとつあがりのみや）を作り　歓待
其地（そこ）から遷移（うつ）って　竺紫（つくし）の岡田宮で一年　阿岐国（あきのくに）の多祁理宮（たけりのみや）（所在不明）に七年
吉備の高島宮八年（やとせ）　其処から　更に東へ　海道（うみぢ）を進む
速吸門（はやすひのと）（明石海峡）で
亀の背に乗って釣をしながら　袖を振って来る人がいる

「私は　国つ神　お仕えし　海道をご案内いたします」
槁機を指し渡し　船に引き入れて　槁根津日子と名を与えた
〈此は　倭国造等の祖〉

兄　五瀬命

更に東へ　浪速の渡を経て　青雲の白肩津に停泊した時
登美能那賀須泥毘古が　軍を興し　待ちかまえ矢を射かけて来る
皆　船に入っていた楯を取って　下り立った
其地を号けて楯津と謂う　今（奈良時代）　日下の蓼津

是に登美毘古と戦った時
五瀬命　その手に　登美毘古の矢が刺さり大きな傷を負った
「吾は　日の神（天照大御神のこと）の御子なのに　日に向かって戦い

賤しき奴の矢で大きな痛手を受けてしまった
今よりは　廻り道になるが　日を背に負って戦おう」
と　南の方から迂回
その時　その海で手の血を洗った　其処を　血沼海と謂う
廻り道で　紀国の男之水門に到った時
五瀬命「賤しき奴に負わされた手傷で死なむ」と　男建び為て崩った
其の水門を号けて男水門と謂う　陵は　紀国の竈山（和歌山市和田）に在り

熊野の高倉下　伝説

神倭伊波礼毘古命　其地より廻り道で熊野の村に到った時
大きな熊がちらりと　出てきて消えた
途端　神倭伊波礼毘古命も御軍も　毒気に当てられ意識を失い倒れてしまった
此の時に　熊野の高倉下〈此は　人の名〉一ふりの横刀を持って

天つ神御子（神倭伊波礼毘古命）の倒れている地に到って献ると
「長く寝ていたなぁ」
神倭伊波礼毘古命　目ざめ起きあがり
其の横刀を受け取ると　熊野の山の荒ぶる神　自然に皆切り仆され
御軍も　みんな元気に目覚めた
神倭伊波礼毘古命「此の横刀は　何もの　なぜ持ってきた」　高倉下に聞くと
「夢を見ました　天照大神・高木神が『葦原中国で　大変な目に遭っている御子等を助太刀せよ』と　建御雷神に依頼
建御雷神が『高倉下よ　葦原中国を平らげる横刀を　そなたの倉の頂から
堕し入れる　朝目覚めたら　天つ神の御子に献れ』
朝　倉を見にいくと　本当に横刀が有り　献りに参りました」
〈此の刀の名は佐士布都神　亦の名は甕布都神　亦の名は布都御魂〉

八咫烏(やあたからす)の引道(みちび)き　伝説

さらに　高木大神の命(みこと)をお伝えした
「此より奥の方は荒ぶる神が　大変多い
今　天より八咫烏を遣(つかは)す　其の後(しりへ)について　出立せよ」
其の教え覚(さと)しの随(まにま)に　八咫烏の後より行くと　様々な国つ神との出会いあり
吉野河(よしののかは)の河尻(かはしり)で　筌(うへ)（川で魚をとるしかけ）を作って魚(うを)を取っている国つ神
　その名は贄持之子(にへもつのこ)　〈此は　阿陀の鵜養(うかひ)の祖〉
さらに　進むと　井戸の光(ひかり)の中から出で来た尾生(をお)いた国つ神　名は井氷鹿(いひか)
　〈此は　吉野首(よしののおびと)等の祖〉
其の山に入ると　亦　尾生(をお)いたる人に遇った
此の人　巌(いはほ)を押し分けて出で来た国つ神
名は石押分之子(いはおしわくのこ)

「天つ神御子が来られたと聞き　お迎えにきました」〈此は　吉野の国巣（くにす）の祖〉
其地（そこ）より　宇陀へ　険しい山道を蹈み穿（うか）ちながら　越えて行った
それで　宇陀の穿（うかち）という

神倭伊波礼毘古命（天つ神御子）の久米歌

兄宇迦斯(えうかし)と弟宇迦斯(おとうかし)　伝説

宇陀に兄宇迦斯・弟宇迦斯の二人有り
先ず　八咫烏を遣して　二人に聞いた
「今　天つ神御子幸行(いでま)しぬ　汝等　お仕えしますか」
是に　兄宇迦斯　鳴鏑(かぶら)を以て　其の使いを待ち射返(いかへ)し
　其の鳴鏑の落ちた地(ところ)は　訶夫羅前(かぶらさき)という
「待ち撃つ」と　云って軍を聚(あつ)めたが　聚まらず
仕へ奉らむと欺陽(いつは)って　大きな殿(との)を作り　其の内に押機(おし)を作って待っている時
弟宇迦斯が　参上し
「兄　兄宇迦斯　天つ神御子の使を射返し　攻めようとし軍を聚めましたが

聚まらず　内に押機を張った殿を作り待ち取ろうとしています」
道臣命（大伴連等の祖）・大久米命（久米直等の祖）の二人
兄宇迦斯を召して　罵詈って
「い（相手をいやしめた言い方）が作り仕え奉れる大殿の内に
おれ（おのれ　いやしめた言い方）　先ず入って　どのようにお仕えするのか
明らかにせよ」
横刀の手上を握り　矛でおし　矢をつがえて　追い入れた
兄宇迦斯　自分が作った押に押しつぶされて　控き出され　斬り散された
其地は　宇陀の血原という

弟宇迦斯が　献上した食事は　すべて其の御軍に賜わった

此の時　神倭伊波礼毘古命が　次の戦いへ向け　闘志を高める歌を歌った
宇陀の　高城（高く構えた砦）に　鴫罠　張る

我が待つや　鴫は障(さや)らず　いすくはし　鯨障る
前妻(こなみ)が　肴乞(なこ)はさば　立ち柧棱(そば)の実の無けくを　こきし削ゑ(ひ)ね
後妻(うはなり)が　肴乞はさば　厳榊(いちさかき)　実の多けくを　こきだ削ゑね
ええしやごしや　〈此は　いのごふぞ〉
ああしやごしや　〈此は　嘲笑ふぞ〉

宇陀の高い砦に　鴫罠を張ったら　立派な鯨が引っ掛かった
前妻には　実の少ないところを　後妻には実の多いところをやれ
えー　この野郎め（敵意を顕す）
あー　この野郎め（嘲笑を顕す）

其の弟宇迦斯　〈此は　宇陀の水取(もひとり)等(ら)の祖〉

土雲の八十建(やそたける)　伝説

其地より幸行(いでま)して　忍坂(おしさか)の大室に到った時
其の室では　尾の生(は)えた土雲の八十建（多くの猛々しい者たち）が
待ちかまえていた
天つ神御子の命(みこと)以て　饗(あへ)を八十建に与えた
八十建それぞれに　八十膳夫(やそかしはて)を割り当てて　人毎に刀(たち)を持たせ
「歌を聞いたら　一斉に斬れ」と教えて

其の土雲を打つときの　神倭伊波礼毘古命の歌は
忍坂(おさか)の　大室屋(おほむろや)に　人多(ひとさは)に　来入(きい)り居り　人多に　入り居りとも
厳々(みつみつ)し　久米の子が　頭椎(くぶつつ)い　石椎(いしつつ)い持ち　今撃たば宜(よら)し

忍坂の　大室屋に　大勢の人が入って来て居るが
　厳とした　久米の者たちよ　頭椎い　石椎い持って　今撃つ時
如此歌って　刀を抜き一時に一気に打ち殺した

登美能那賀須泥毘古　伝説

さて後に　登美毘古を撃つ時に　神倭伊波礼毘古命が歌う
厳々し　久米の子らが　粟生には
香韮一本　其ねが本　其ね芽認ぎて　撃ちてし止まむ
　厳とした　久米の者たちの粟畑に生えている　香りの強い
　韮一本　その根・芽を探すように
　敵を探して撃たずにはおくものか

更にまた　歌う

厳々(みつみつ)し　久米の子らが　垣本(かきもと)に　植ゑし山椒(はじかみ)

口疼(くちひひ)く　吾(われ)は忘れじ　撃ちてし止まむ

厳とした　久米の者たちが垣に飢えた山椒　食べると口がひりひり痛い

兄を殺された痛みは忘れない　その敵撃たずにおくものか

又　歌う

神風(かむかぜ)の　伊勢の海の　大石(おひし)に　這(は)ひ廻(もとほ)ろふ

細螺(しただみ)の　い這(は)ひ廻(もとほ)り　撃ちてし止まむ

伊勢の海の大石に這いまわっている細螺(しただみ)のように　這いまわって

敵を撃たずにはおくものか

兄師木(えしき)・弟師木(おとしき)　伝説

兄師木・弟師木を撃つ時には　御軍(みいくさ)　かなり疲れていた

神倭伊波礼毘古命　歌う

　楯並(たたな)めて　伊那佐(いなさ)の山の　木(こ)の間(ま)よも　い行き目守(まも)らひ

　戦へば　吾(われ)はや飢(ゑ)ぬ　島(しま)つ鳥(とり)　鵜養(うかひ)が伴(とも)　今助(います)けに来(こ)ね

　　楯を並べて　伊那佐(いなさ)の山の　木(こ)の間(ま)を通って　見守りながら

　　戦っていると　飢えてしまった　鵜飼の伴よ　今すぐ助けにきてくれ

天の下　平定

天の下　平定

そうすると　邇芸速日命（にぎはやひのみこと）が　やってきた

「天つ神御子　天降（あまくだ）りされたと聞き　追いかけて参い降って来ました」

直ちに　天津瑞（あまつしるし）を　献（たてまつ）り　仕えた

邇芸速日命　登美毘古が妹（いも）　登美夜毘売（とみやびめ）を娶って　生まれた子は

宇麻志麻遅命（うましまぢのみこと）〈此は　物部連・穂積臣・婇臣（うねめ）の祖〉

こうして　神倭伊波礼毘古命は　荒ぶる神等（かみたち）を言向（ことむ）け平定し

従わない人等（ひとども）は退（しりぞ）け撥（はら）って

畝火（うねび）の白檮原宮（かしはらのみや）で　天（あめ）の下（した）を治（をさ）めた

著者プロフィール
藤田 恭子（ふじた きょうこ）
1947年、福井県生まれ。
1971年、金沢大学医学部卒業。
勤務医。
石川県金沢市在住。

著書
詩集『見果てぬ夢』（2011年、文芸社）
詩集『宇宙の中のヒト』（2015年、文芸社）

さわ　きょうこ著として
詩集『大きなあたたかな手』（2006年、新風舎、2008年、文芸社）
詩集『ふうわり　ふわり　ぼたんゆき』（2007年、新風舎、2008年、文芸社）
詩集『白い葉うらがそよぐとき』（2008年、文芸社）
詩集『ある少年の詩』（2009年、文芸社）
詩集『ちいさなちいさな水たまり』（2012年、文芸社）

斜め読み古事記

2016年８月15日　初版第１刷発行

著　者　藤田 恭子
発行者　瓜谷 綱延
発行所　株式会社文芸社
〒160-0022　東京都新宿区新宿１－10－１
電話　03-5369-3060（代表）
03-5369-2299（販売）

印刷所　株式会社フクイン

ISBN978-4-286-17459-4